CW00601568

La tototte

EDUCATION LIBRARY SERVICE 01606 275801	
Askews	28-Jun-2010
	£6.25

Traduit du suédois par Florence Seyvos

Première édition dans la collection lutin poche : mai 2005

© 2002, l'école des loisirs, Paris, pour l'édition en langue française

© 2001, Barbro Lindgren, pour le texte

© 2001, Olof Landström, pour les images

Titre de l'édition originale : « Jamen Benny » (Rabén & Sjögren Bokförlag, Suède)

Loi numéro 49 956 du 16 juillet 1949 sur les publications
destinées à la jeunesse : septembre 2002

Dépôt légal : avril 2006

Imprimé en France par Mame Imprimeur à Tours (06032417)

Barbro Lindgren · *Olof Landström*

La tototte

lutin poche de l'école des loisirs
11, rue de Sèvres, Paris 6e

Benny a un petit frère.
Il en voulait un, et maintenant, il en a un.

Un matin, quand il s'est réveillé, son petit frère était là, près de lui.

« Benny, tu as un petit frère », a dit maman.
« Oui, je sais », a répondu Benny.

Le petit frère de Benny n'arrête pas de crier.
Maman lui donne une totote.

« Moi aussi, je veux une tototte », dit Benny.
Mais maman ne lui en donne pas.
« Tu es trop grand pour avoir une tototte », dit-elle.
« Non, je ne suis pas trop grand », dit Benny.

Toute la journée, le petit frère suce sa tototte. Benny ne peut même pas la goûter. Il en a assez d'avoir un petit frère. Il préférerait une tototte.

« J'emmène mon petit frère dehors », dit-il à maman.
Mais elle n'entend pas.

Benny pose son petit frère derrière la porte.
Il lui prend la tototte et lui donne son pimpin à la place.

Et il part en courant.

Il passe devant plusieurs maisons. Il est content.
La tototte est bonne.

Il passe devant la garderie.

« Tu es trop grand pour avoir une tototte », crient les enfants.

« Non, je ne suis pas trop grand ! » crie Benny.

Plus loin, il rencontre trois cochons costauds,
avec des chaussures de foot.
« C'est quoi cette mauviette avec une tototte ? »
disent les cochons costauds.

« Je m'appelle Benny », dit Benny.
« Si on lui donnait un coup de poing dans le nez ? »
disent les cochons costauds.

Benny a peur. Il se sauve à toutes jambes.

Mais les cochons costauds le poursuivent.
Benny n'a que ses pieds normaux. Les cochons costauds,
eux, ont des chaussures de foot.

Ils le rattrapent très facilement. Le plus costaud des trois lui donne un coup de poing dans le nez, et la tototte s'envole.

Arrive un chien que Benny connaît bien.
« Ils ont pris ma tototte ! » dit Benny en pleurant.

Le chien se fâche très fort contre les cochons costauds.
« Rendez-lui sa tototte avant que je vous morde les mollets ! »
crie-t-il.

Les cochons costauds ont très peur.
Ils rendent tout de suite la tototte.
Alors on entend un grand cri.
C'est le petit frère. Il en a assez du pimpin.

Benny court aussi vite qu'il peut.

Dès que le petit frère retrouve sa tototte, il est content.

Benny fait le tour de la maison avec son petit frère.

Et puis ils rentrent.

« Oh Benny ! » dit maman. « Comme c'est gentil d'avoir emmené ton petit frère dehors ! »